KB120575

한 권의 인생살이

여수화요문학회

머리말

사다리를 별빛에 걸어 두고 구름이 있는 곳까지 이르렀어. 구름은 밤의 연못. 몽롱을 던지면 물음표가 달을 물었어. 달은 감성의 정원. 잠을 베갯잇에 몰아넣고, 생각들 모아 빗질을 해. 시를 위해 한 칸 채워야 한다는 밤의 수작. 집을 지었다가 부쉈다가. 구름은 해가 뜨면 사라질 일기예보처럼. 불면의 밤이 한 권의 페이지였을 거야.

한 권의 인생살이가 구름 같은 것이었다고 한다면, 구름으로 사랑을 짓고, 강물을 거느리고 바다를 키웠지. 밤은 한 권의 인생을 위한 지상의 시간. 시의 씨앗을 붙잡고 싸웠던 자유로운 밤이었을거야. 아하! 여기, 가난한 밤의 정거장이 열하고 둘이서 만나 한 권으로 생을 만들고 있었네.

한 권의 인생살이가 태어나기까지 애써 주신 여수화요문학회 회원들과 편집위원들께 감사의 인사를 드립니다.

2023. 5. 22.

여수화요문학회

차례

헛기침의 수사학修辭學

김미홍

친구의 입은 수국이었다
맥주를 마시고 입술이 벙글 때마다
거품이 꽃잎처럼 팔랑거렸다
철 지난 유행이 입술 둘레를 맴돌다가
말끝에 헛기침을 우표처럼 붙였다
친구의 어법은 가면 벗은 민낯으로
때론, 은유를 한껏 부풀린 수국의 말투로
거시기처럼 거시기한 사람들만 알아들을 수 있는
은어로 배송되었다

밀봉된 상자에서 빛과 그늘,
두 개의 꽃송이가 교집합이 되어
알 듯 말 듯 희끄무레 겹꽃잎으로 피어났다
단 한 번의 일갈로 근심을 쭉쭉 찢어
찰나를 허물어뜨리는 선승의 법문
사는 일 헛헛하다고
친구 입에서 연신 헛꽃이 피고 또 진다

바닥에서 빛이 새어 나온다

길을 지키는 저 불빛은
손일까 혀일까

빛을 오래 쥐고 있으면 뜨겁진 않을까
지겨울 수도 있을 텐데

나는 길을 가고
당신은 손이 젖어 있고

나는 속도를 낳아 몰고
당신은 나의 머리를 쓰다듬고

폭우가 쏟아진다
당신은 밤새 우두커니 서서
광선검으로 펄럭이는 검은 망토의 배를 가르겠지

뿌리가 없어
당신은 쓰러지겠지만

녹화

봤니

버스 터미널 앞 콩나물국밥집에
귀신나무가 붙어산대

아침 술을 마신다
멈춘 시간, 고장 난 주판알이 희번덕인다
흠칫, 사람들이 일제히 조리개를 연다

손가락에 담배 허리가 꺾인다
푸념은 넘치고 뚝배기엔 욕설이 그득하다
그래서 국밥이 뜨거울까

몇 닢의 걸쭉한 욕설을 양념 삼아
누님, 누님을 불러 댄다
넘치던 국밥이 잠시 가라앉는다

누님의 눈꺼풀 연안沿岸에서
이따금 목을 축이는, 그를

너는 봤니
귀신나무로 변장했을

오늘의 날씨

빨간 옷의 기상 캐스터가
잡티 없는 오늘을 좌판에 늘여 놓았네요

세상은 아름답다네요
목동이 몰고 가는 양 떼이거나
별의 문장을 읽는 한량으로 보였기 때문일 거예요

추락하려고 태어나
더 크게 깨지기 위해 뭉치는 물방울이
폭우가 되기도 하고요

실컷 우는 게 구름의 본업일까요
긴 혀로 바닥의 높이를 재는 건지
한바탕 쏟아지려고 해요

몸에 물방울을 가두어 키울까요
그간 얼마나 자랐나 확인하려고
정기적으로 수도 밸브를 열기도 하고요

당신이 벙벙하던 날
난 어쩔 수 없이 흘러내렸던 것 같기도 해요

오늘은 흐리다 맑을 것 같네요

콩나물 기르기

구멍이 많아 소문을 담아 키우기 좋다

드넓은 적란운으로부터 풀려나온 새싹들
빛깔 좋은 해를 걸러 비를 뿌리고

허방투성이 썰투성이 생채기투성이
먹장구름 아래 슬픔도 채굴하는 시대

고온 다습한 감정으로 묵힌
싹을 꺼낸다, 하루

이틀, 대여섯 번 충분히 뜬소문을 부어 준다
마을 어귀부터 골고루

사흘 나흘, 생채기의 생장점에 빨대를 꽂고
여럿이 머리를 밀치며 경쟁한다

닷새 엿새, 국밥집에 모인 사람들이
얼추 자란 소문을 나눠 먹고

이레, 슴슴한 잔뿌리
소문 모꼬지를 이웃에 분양한다

우리 동네는 콩나물국밥집이 많다

김미홍 전남 광양 출생. 전남대학교 여수평생교육원 문예창작과정 수료.
2018년 『시와 늪』으로 등단. 한국문인협회 여수 지부, 여수화요문학회 회원.

온라인 자동 명령 회로

김숙경

기상 모닝콜이 울린다
건강 상태 자가 진단 시스템에 로그인하고
길들여진 코드대로
네이버 다음 검색대에 뇌 회로를 장착하여
카카오톡 수신을 완료한다.

벨소리 울리면
파블로프의 개처럼 살아 있다는 증거 들려준다
알람이 울리면 기억 세포 풀어내고
단축 번호 몇 개로 임무를 수행해 나가는
손안의 자동 시스템

들락거리는 미세먼지 노선까지 파악한다
스마트워치를 장착하여 심장의 리듬에 맞춘다
어지럼증 유발하는 탁한 쳇바퀴를 털어 낸다
걸음 수 혈당 심박 수 수면 상태까지 책임져 주는
숫자로 일관된 내 주치의

잡히지도 보이지도 않는 세상을 사각 틀 안에 넣는다

문단속 없는 이름 내걸고 방마다 기웃거린다
뒤엉킨 회로가 만들어 낸 무의식의 혼돈

깨어 있으라
작동하라
안테나를 세워라

무등無等하다

무등한 세상을 꿈꾸자는 시인의 인사에
등급이나 계급 없는 세상이 떠오르다가
말뚝박기 놀이가 생각났다

등을 내어 주지 않으면 앞에 설 수 없고
등을 돌리면
배를 보이니 승복한다는 것인데
등이 없다는 건
개들의 야무진 복종처럼 속내를 다 까발린다는 것

내 속
네 속 다 알아야
등을 보일 일도
등을 돌릴 일도 없다는 것이니
마주 앉아 웃을 일만 남았다

처음이라서

찐 달걀과 삶은 고구마
호박죽과 얇게 저민 사과
투명한 생수병에 냉기를 더하는 형광등 불빛

병실 프레임 밖
밤새 깨끗하게 덮어 버린 눈앞에서
중심을 찾지 못하는 시선이
헐렁해진 셔츠 단춧구멍처럼 느슨하네

건물 간판도 익혀 두고
높고 낮은 나무도 세어 보고
오가는 사람들이 분명 보였는데
십자가만 높고 선명하게 보이네

단번에 녹아내릴 눈
내 몸이 소스라치게 차가워지네
처음이라서 두렵고 무서워지네

선암사 겹벚꽃

바람이 전하는 말을 새겨듣지 않았다
편백 숲 비껴 내린 눈물 흔적을 외면했다
찬 길목 지키는 초승달의 설움을 보듬지 못했다

겹겹의 문들이 자물쇠를 채우고
담장을 품고 도는 돌계단이 더 높아지는 동안
슬픈 하늘빛으로 마주한 영겁의 시간

돌아누운 듯 엎드린 소나무 넘어
하늘 품은 연못이 고개 내미는
내일을 기약할 수 없는 숨은 인연의 봉양

비우고 채워 가며 내려놓는 동그라미 속
바위를 휘감는 물결이 곡선이 되는 동안
세상을 향한 범종의 발연發煙이 처연하다

스님,
따뜻하신지요

시집살이

고향의 본질은 타향

내 시집이 자식의 본집이 되는
지금은 고리타분한 이야기가 되어 버린
꾹꾹 눌러 담은 고봉밥 부엌 얘기가 없어도
동네 우물 두레박이 돌고 돌던 이웃 걱정이 없어도
나의 심상이 거울 되어 비추는
딸그락거리는 소란의 중심

손안에 들려 있는 한 권의 인생살이
시집살이
숨겼는데도
민낯의 역설이 자명하다

김숙경 2016년 『리토피아』로 등단. 시집으로 『바람이 사는 집』이 있음. 한국작가회의 여수 지부, 여수화요문학회 회원.

봄 마중

김영란

버드나무 움트는 길
붉은머리오목눈이 옆을 지난다
그리움을 뭉친 남산제비꽃 지날 때
아들의 코로나 양성 문자를 받았다

방 한 칸 벽을 세우고 끼니를 넣어 준다
단절된 대화가 빈 그릇으로 나온다
수발하는 동안,
나도 따라 욱신거리고 아플 때
소리쟁이 지칭개도 납작 엎드릴 때
겨울바람을 이겨 낼 수 있었다지

식탁에 모여앉아
꽃 피울 시간을 위해
애썼을 세상의 꽃들에게
다시 못 볼 사람처럼 사랑을 하자

히어리 피는 봄

비보를 들었다
그녀가 쓰러졌다는

몸속을 오가는 딱정벌레가
알을 까고 새끼를 쳐도 곁을 내준 그녀
부리로 쪼며 파고드는 딱따구리에게
아프다 말 못 하고 가슴도 내주었다
눈물 자국 엉겨 붙은 껍질까지 버섯에게 내주고
비로소 영면에 들었다

밤이 되자 조문 나온 달빛이
너른 들판과 나무 사이를 비춰 주었다
별들이 철문 얇은 품을 열고 들여다본다
향 피운 사스레피꽃은 잡념을 씻어 주고
진달래는 그녀의 이마에 꽃술을 뿌려 준다

그녀가 입던 옷은 어디로 갔을까
그녀가 버린 기억들은 어디로 갔을까

종갓집 일꾼들의 마지막 밥을 챙기는 날
히어리가 한창인 봄이었다

다육꽃신

요양원 한쪽

'어매 내가 누구요 누군지 알제, 여기는 손녀딸 이름 알제
광주에서 살고 있잖은가 어매여, 어매 말 좀 해 보소 잉'

말을 잇지 못하는 저녁
마른 발바닥에 부풀어 오르는 다육이 꽃신
잠시,
생각만으로 화사하다

종자 마늘

꿇다니요
누가 또 무릎을 꿇어요
한 알 두 알 칸칸이 채워야 해요
밭고랑을 오가는 폼이
어딘가 아픈 게 분명한데 말할 수 없어요
저며진 마늘 감칠맛 좋기로서니
매번 흙에 뒹굴어야 하다니요

달궈진 가을볕이 더욱 뜨거워져요
땀에 전 등짝에 쏘아 올린 마늘의 절정
맛을 흉내 낼 수 없을 거라는 생각
묵정밭에 마늘을 심어요

무릎을 꿇어요
누가 뭐래도 혈통의 씨앗이었으니
마늘 종자 앞에 무릎을 꿇고 정중히 심어요

산들바람이 어깨를 흔들고 가네요

동백꽃 편지

바다를 건너왔어요
물빛에 모여든 꽃게가 파라솔 그림으로 피어나요
동백섬을 지키는 할머니
스무 살 아가씨로 살고 있어요

마당 가득 눈부시다가도
파도가 치겠다 바람이 불겠다
빗소리도 붉은 눈을 공글리며 지나갑니다
포말로 흩뿌려진 남편이 그리울 때면
꽃밭에 나와 몸을 놀립니다

백 살 넘은 나무도
남모를 아픔이 있는 거라고
떨어진 꽃도 상처가 되는 거라고
동백꽃이 환하네요

궂은일도 잊고 살아 보니
그게 사랑이라고
할머니 마당에 햇살이 출렁거려요

김영란 전남 고흥 출생. 2008년 『문학저널』 시 부분으로 등단. 시집으로 『거위벌레의 편지』가 있음. 한국문인협회 여수 지부 부지부장. 한국산림문학회, 여수물꽃시낭송회, 여수화요문학회 회원.

닻꽃*

김지란

핸드폰을 요리조리 허다 봉께 사진이 나오더라
그걸 본께 어찌나 반갑든지
꼭 느그 아부지 살아 있는 것처럼 한참을 쳐다봤당께

기운이 내려앉아 당신 몸도 간수 못 하는데
그 순간 생기가 돌았을까
느릿한 말에 곧은 심지처럼 힘이 박혀 있었다

이십 대에 남정네 따라와
비릿한 갯벌에 닻을 내렸던 어머니
아버지의 바다에 정박한 조그만 배였구나

당신 보내시고도
닻을 거둬들일 줄 모르는 배
닻에 붙은 따개비처럼 떨어질 줄 모르는구나

인연이라는 밧줄로 묶인 고독한 제자리
바다 내음

당신이라는 닻꽃으로 피어났다

* 닻꽃: 꽃 모양이 닻을 닮았다.

만선호프

종화동 부둣가
안강망 선원들이 발을 내딛는다
파도에 깨지고 바람에 부서지다 들어오는
조금 때

사나흘 분분히 일어나는 바다 소문에는
레이더를 거두고 물살 여린 이곳에 닻을 내려
그물을 투망해 놓았다

만선의 꿈과 해풍에 달궈진 심장은
어군탐지기 대신 사람들의 눈만으로 관측되었다
허기진 바다 사나이들의 밀려오는 속말들
세류에 휩쓸리며 풍랑을 일으켰다

이게 사람 사는 거라며 거품이 넘쳐흐른다
만선호프호, 다음 사리 출항을 준비하고 있다

귀가하는 사내들의 어창에
보름달이 떠오른다

공중전화 부스

메타세쿼이아 가로수 그늘
암자 한 채,
한때 수많은 안부와 약속들이 다녀가고
사랑과 참회의 언어들이
법당 인등으로 밝히고 있었다

지금은 성불 대신 휴대폰을 신당처럼 받드는 일
절박한 신심이 수화기에서 멀어진다

서로의 원자들이 우주를 떠돌다가
입술을 포개고 있을까

술 취한 젊은 남녀
공중전화 부스에 들어가 있다

구석에 자리 잡은 거미집에도
오랜만에 등불이 켜진다

신 맹모삼천지교

—물고기 반지*

물고기에 대한 소문은 오래전부터 있었다
소문이 진실로 드러나자마자
엄마들 어군탐지기에 걸려들었다

육지로 잡혀 온 물고기는
고즈넉한 사찰의 추녀 밑
깨어 있으라, 깨어 있으라 바람의 말을 토해 냈으니

수능이 얼마 남지 않은 아이의 방에 걸린 수묵화
깊은 물살 속에서 눈 하나 깜박이지 않는
강렬한 눈빛으로 졸린 아이의 후광이 되었다

지니고 있거나 곁에 있으면 아이들을 지켜 준다는 물고기
정갈한 장독대 정안수 놓고 빌었던
쪽찐머리 어머니 대신

물고기 세 마리
새끼손가락 위에서
눈 뜨고 참선 중이시다

✽ 물고기 반지: 자녀 수만큼 새끼손가락에 물고기 반지를 끼면 재물이 도망가는 것을 막고 자녀가 성공한다는 일종의 속설.

다만 한 사람을 건너왔을 뿐

결혼행진곡에 맞춰

순백의 버진 로드를 따라 입장하는

신랑 신부의 뒷모습만 보면

무언가에 홀린 듯 눈물이 난다

티끌 없는 설원의 하얀 드레스

금방 비를 쏟을 듯한 검정 턱시도

두 세상의 낙차

모두 내 몫인 듯 온몸이 흔들린다

직선 길을 나란히 걷는 것

외로움도 함께 가는 방향이라는 것을 알까

한눈팔다 여차하면

홀로 낭떠러지로 떨어질 것 같은 불안

그대 발걸음에 내 마음을 얹는다

김지란 전남 여수 출생. 2016년 『시와 문화』로 등단. 시집으로 『가막만 여자』가 있음. 2020년 아르코 문학나눔 선정. 한국작가회의, 여수화요문학회 회원. 〈숲속시〉 동인.

그날 그때처럼

이근영

새벽하늘이 열리기도 전 손톱 달 아래서
바스락바스락
세상 기우는 일인지
마음을 기우는 일인지
지친 세상일 다 버리지 못했는지
바늘귀를 의심하고 있다

처마 끝 바람이 스며들던 삼베 주머니 속에도
바스락바스락
낡은 가방에 집착하시던 어머니
치매라는 이름을 작명소에서 달아 주었다

이제 가슴에 손수건 달고 치마저고리 입고
아들 손잡고 입학하러 가야 한다
그날 그때처럼

어머니의 품

숲속 그늘이었으리라
한세월 산야를 뒤척이며 어깨를 내어 주던
어머니의 품

비탈길 오르는 길목
눈비에 찾아오는 사람들의 길잡이가 되어 주던
어머니의 품

남은 가냘픈 몸집 하나
등 내미는 온기가 따뜻하다
어머니의 품

저무는 바다

햇살이 골목마다 접어들면
바다는 낮은 톤으로 해무를 앞세우고
바다를 뒤적거린다

만삭의 농어가 밀물과 썰물의 경계를 넘어가고
만선의 웃음소리 잦아들면

저무는 바다
산 그림자가 꼬옥 품는다

가을

구름 한 점 걸어 두고
별 몇 개 지났을까
바람이 지나는 가지마다
상처가 반짝일 때
아파했던 마음보다
기쁜 이유는
뭘까

바닷가 사람들

비릿한 골목 신발들
가판대를 걸어 다닌다

좌판마다 발 벗은 사람들
저울 눈금을 감추려는지 반쯤 감은 실눈으로
교동시장 한쪽을 달아 올린다

파닥이는 비늘이 허공으로 치솟는다
눈금이 늘어나고 값은 천정부지

눈덩이처럼 쌓인 상자 위에
여름날이 깊어 깊어 간다

이근영 전남 여수 출생. 전남대학교 여수평생교육원 문예창작과정 수료. 2013년 『스토리문학』으로 등단. 한국문인협회 여수 지부, 여수화요문학회 회원.

드라마 한 편

이말순

손녀가 태어나
딸과 백 일 동안 함께 살았다

주말마다 오는 백년손님 사위
큰손님이었다

백일 되는 날 떠났다

남편은
텅 빈 집이 너무 허전하단다
누가 그랬던가
손녀 손자 오면 반갑고, 가면 더 반갑다고

내가 주연한 드라마 한 편

내가 주연한 행복한 드라마 한 편이다

손길 가는 곳마다

새집으로 이사를 했다

피곤하지도 않고 잠자지 않아도 좋다

밤새 이야기하다 보니 새벽 네 시다

새벽 네 시
남편 손길 가는 곳마다 집은 깊어진다

삼십 년 같이 살며
딸 결혼하고 성주하고 창고 이전하고

말없는 남편은 쉼없이 이야기하고
말 많은 나는 조용히
웃음으로 답한다

그땐 왜 몰랐을까

어버이날
시댁 어른들과 약속 시간이 가까워집니다

친정 엄마가 생각납니다
시댁 어른들껜 며느리 노릇 다 하면서
친정 엄마는 괜찮겠지 했습니다

그땐 왜 그랬는지
생전에 챙겨 드리지 못함이

못다 한 효도 대신하는
눈물, 한 생을 적시고도 남습니다

어느 봄날

살랑살랑한 옷을 입고
출근길을 서두른다
밤새 비가 왔는지 땅이 젖어 있다
세상이 미쳤나 구시렁댄다
엎어지면 코 닿을 듯한 사무실로 뛰어간다
밤새 수많은 일을 생각하느라
잠 못 들었던 시간들
다람쥐 쳇바퀴 돌듯 뻔하고 복잡하다
변덕스러운 날씨에 손님도 뜸하다
일탈의 달음질을 하고 싶은

어느 봄날

그래도 서운한 건 왜일까

평소 체를 잘 하고 머리가 아프다
병원 간 적 없다
속이 불편하면 등 눌러 달라 한다
신경 쓰면 그러는 거라고
자가 진단을 내린다

어젠 자다 말고 머리가 아파
죽을병에 걸렸나 했다

아들이 쉬라 했지만 사무실에 나온다
머리가 개운하다

삼십 년 넘게 짊어지고 사는 병
나도 무뎌져 있는데
남편과 자식들은 오죽하겠냐만
서운한 건 왜일까

이말순 전남대학교 여수평생교육원 문예창작과정 수료. 시집으로 『누룽지 만드는 여자』가 있음. 한국작가회의 여수 지부, 화요문학회 회원.

억새

이형심

바람의 깃발이었다

자꾸 눈길이 닿았다
바람에 몸 뒤척이며 화장化粧을 바꾸는 억새
파도가 일어서고 파문이 일었다

어머니 봉분 앞에 섰다
속울음을 삼켰다
푸릇푸릇한 세월 뒤로 물러나서
제 몸 깨끗이 비워 푸석한 검불 되었어도
또렷한 어머니의 노래

억세게 견뎌 내다 오롯이 핀
억새

신발들

우드랜드 편백나무 아래 신발들
엎어진 것마다 생의 귀퉁이를 물고 있었다

당연한 것들과 함께 살아왔던 무게를 벗어 놓고
톱밥 길을 맨발로 걸었다

대지의 살갗마다 온몸에 퍼지는 온기들
촉촉한 쿠키 맛 같은 쾌감이었다
흙을 만나 깨어났다

신발을 다시 신고
숨구멍 없는 길을 걸어간다

그날 그 향기

가축 분뇨 냄새가 코를 찌른다
동네 한복판에서

치마폭같이 나풀거리는 배춧잎들
이파리 내밀어 소쇄한 바람에 버무려지는구나
이게 가축 분뇨의 출처라니

그날,
무심코 투덜거렸던 말이 도깨비바늘처럼 따라온다

뒤통수에 자꾸 손이 간다
중얼거렸던
미안함이 켜켜이 들어찬다

상고대에서

계절의 무게를 견딘 가지에 눈꽃 범벅
함박웃음
찬바람에 무수히 흔들리는 시간 동안
골짜기마다 눈꽃들

치장할 순간을 위해
허공의 고리들이 하얗게 손을 놓았으리

해 뜨는 순간
자취를 감출 뒷자락이 담담한데

오래도록 기억하고 싶은
난해한 문장들이여

작은 우주

거들떠보지 않은
척박한 땅이 건물 뒤에 있고
건너편 마주 보이는 곳은
햇볕에 등살 펴듯 진초록이다

흙 반, 돌 반
사람 키 훌쩍 넘기는 풀 베어 낸 자리
깊숙한 곳에서 힘차게 뿜어내는
건강한 냄새들

내밀한 속삭임
서로의 자리를 조금씩 내어 주며
살아 꿈틀거리는 텃밭

오순도순 생을 키워 가는
작은 우주

텃밭

이형심 2012년 『문학세계』로 등단. 전남대학교 여수평생교육원 문예창작 과정 수료. 시집으로 『바다에 쓴 상형문자』가 있음. 물꽃 시낭송회, 여수화요문학회 회원.

거래 내역이 조회되지 않습니다

주명숙

말귀가 어두운 탓인가
거래가 되는 품목이기는 한 것인가
가늠되지 않아 한참을 더듬거렸다
진짜 그것을 팔았느냐고 물어 왔을 때
물건의 용도를 곰곰이 생각했다
설혹 거래가 가능한 상품이라 해도 문제다
값을 깎는 일이 멋쩍고 번거로운지라
주라는 대로 다 주고 물건을 사는 내가
낯선 그 단어를 무슨 객기로 팔았단 말인가
더군다나
당근마켓에서도 뭘 팔아 본 적이 없었으므로
머릿속은 멀미를 하는 듯 비릿하다
사기는 누가 샀을까
그것의 가치는 어느 정도일까
화폐로 환산은 가능한 것일까
난 얼마만 한 삶을 손에 쥐었을까

상품 code: 영혼

이 애물단지의 흔적을 아무리 검색해 봐도
거래 내역은 당최 조회되지 않습니다

문패를 떼다

이사를 하면서 회선 한 가닥을 절단 냈다
쇠락한 기대치만큼 여운도 짧았으므로 개운했다
엉뚱한 데서 표가 났다

비상 연락처로 한 귀퉁이 비축했을 법한 구역이 사라지자
뜬금없이 당신이 더듬거리기 시작했다
꼬리 물기 화법이 단순해졌다
호기롭던 목소리는 눈치껏 종종거리며
절단 난 회선 속 온기를 아랫목처럼 파고들었다

밖에 있는 자식은 늘 어려운 사람이라
어디냐
짧아진 물음이 철 지난 옷가지처럼 삐쭘하다

가만히 눌러보는 발신음이
문패 없는 집 대문 앞을 서성거리는 행랑객이다

생일 예찬론

매일 살 수 있다고 해도
날마다 살고 있는 우리가 경이롭지 않은가
많은 감정感情의 부침을 감정勘定받으면서도
받은 숙제처럼 내일을 펼쳐 놓고

다시 그 시간에 존재한다는 것

음악 방송에서 흘러나오는 생일 예찬
자신에게 보내는 메시지를 듣는데 명치가 딴딴해진다
어지럽게 얽힌 인간 통신망에 저격당해도
황색 신호등을 무정차로 통과하다니 기적이란다
오늘을 데리고 내일로 가기 위해
예행연습 없이 살아 내는 웅장한 하루살이란다

일 년 후
돌아오는 날의 나는 그때의 내가 아니고
누구나 맞는 날에 누군가는 사라질 수도 있으니
생일이 별것이라고 대서특필해야 한단다
유치한 물개 박수 치며 우쭈쭈 자축해야 한단다

안목

안목이란 글자의 행간을 서성이다 보면
정답보단 오류를 찾아내야 할 때가 있다
웃자란 눈썹처럼 난처해진 두 글자
자주 나를 빤히 쳐다본다

좋은 사람의 오류는 어디서부터일까
너무 높으면 시야가 아득해지고
넓기만 하면 기준이 흩어지고
눈썰미라는 주관적인 미로에서도
근사치에 가깝게 콕 집어낼 수 있으면

비로소
사람을 볼 줄 안다고 말할 수 있으려나

나는 좋은 사람일까

작은 너의 힘

연둣빛 가지에 미처 매달린 벚꽃 몇 잎
날아가지 못한 민들레 씨앗 몇 줌
감나무 새잎 사이 마른 감꼭지 몇 개

마음에 담은 늦봄이 자꾸 눈에 밟히는데

간신히 붙들고 있는 시력視力 한 줄기
뒤뚱거리는 착지 한 걸음
중심을 잃은 안면 근육의 비틀린 발음

선생, 선생이라고
귀 열고 눈 열어 응시하는 숨결이 명치에
박
혀
온
다

주명숙 2005년 『문학춘추』로 등단. 2013년 《창조문학신문》 신춘문예 시 당선. 시집 『참 붉다』, 디카시집 『아직 조금 간절합니다』가 있음. 한국작가회의 여수 지부, 여수화요문학회 회원.

일탈을 꿈꾸며

정영희

새도 날아오지 않는다
차가운 평행선을 바라본다
철로도 언젠간 소실점 밖으로 튕겨 나가
피 흘리며 울부짖는 기적을 듣게 될지 모른다

목을 늘어뜨린 사내가
가랑이를 반쯤 벌린 아낙의 어깨에 기대어 있다
손잡이는 다리로 감아 넝쿨처럼 얹고 간다
보따리를 껴안은 사람들의 기착지는 어디일까

터널 속으로 기차가 빨려 들어간다
별 가까이 깜박거리는 반딧불이
금세 커졌다 작아진다

동강할미꽃

어미의 어미를 할미라고 불렀다던가 할미는 평생 허리를 편 적 없다는 걸 동강할미꽃을 보면 알겠다 어미는 동강을 바라보며 구절양장 길을 따라갔다 오일장을 건성 둘러보고 그믐밤에 도깨비를 만났으니 어깨가 무너지게 도리깨질을 해 댔다 너덜겅에서 할미가 돌아가시고 강과 짝짓는 신작로가 놓이고 새 다리가 생기면서 어미도 구부정하게 할미를 닮아 갔다

그 후, 도깨비는 나타나지 않았으며 입소문 무성한 산비탈에 까마귀 울음만 자욱하였다 네 할미가 부르는 소리라고 단정하기 어렵다만 어미는 할미가 죽도록 보고 싶었다

그래서일까
요즘, 동강할미꽃 보기가 무척 어렵다는 것을

생활통지표

온순 착실하고 행동은 민첩하나,
주변 정리가 안 되고 고립적이라는 촌평을 성호처럼 그어 놓았다

사춘기의 행간에 부끄러운 음표들이 걸려 있었다
서른 해가 지났어도 펜글씨는 춤추며 악어의 푸른빛을 발산했다
고서古書가 값이 더 나간다는 소문은 믿고 싶지 않았다

등짝 시린 날 생활통지표를 펼쳐 보았다
생애 단 한 번, 개근상이었다

고래 사냥

갯바위에 햇빛이 한발 물러날 즈음
칼바람이 난장인 포장마차에서 고래를 만났다
한잔의 취기에 연탄난로가 덩달아 달아올랐다
내가 미처 주문하지 못한 말을 어떻게 알아차렸을까
오늘은 내가 고래 살해 사건 피의자라고 해도
말끔하게 용서되는 밤

알몸으로 세파에 뛰어들어 고래를 만나야 했다
한 여자의 지아비로 바다를 거두며
고둥 껍데기에서 가족을 보듬고 사는 것은 누대의 습관
바닥이 드러나도록 생선을 꺼내 팔아먹는 사람들
고래의 흔적이 말끔히 지워졌다는 푸념은 허튼소리였다
사람들이 건드려 놓은 파도 때문이라는 소문이 무성했다

햇살이 수평선으로 밀려 나갈 때쯤 고래가 손짓하였다
이때는 해녀도 물질을 마치고 나와 호흡을 가다듬고 있을 때
파도는 바다를 가르는 고래가 되었다
망망대해로 나갈수록 쾌속 질주의 야성을 드러내는 고래
표범 울음소리를 내며 날 무질러 나갔다

쫓고 쫓기는 추격전 끝에 내 젓가락에 걸려들었다
갈고리 대신 부드러운 혀끝으로 찢긴 지느러미를 닦아 주었다
혼수상태로 허름한 집을 방문한 고래
침침한 내 의식의 꼭짓점마다 등불을 환하게 켜 놓더니
쏜살같이 바다로 꼬리를 감췄다
포장마차의 포렴이 가로등에 잠깐 흔들렸다

그녀가 아프다

폐경을 암시하는 듯한 열기가 달아올랐다
계절성 감기려니 했는데 코로나가 심각 단계에 진입했다
유감없이 진가를 발휘할 줄 알았던 처방전보다
마스크라는 이름이 더 어울리는 여자
앓았던 시간을 되돌릴 만한 단방약은 아니었다

빰에 팬 끈 자국이 목덜미에 뻗쳤다
휴식이라는 긴급 투약에 자고 나면 풀어지겠지 했다
며칠 전까지만 해도 화장발 잘 받는다고 좋아했던 그녀
이맛살이 찌푸려졌다
세월이 결빙된 주름살이라며 위로를 보내긴 했다

치유 불능 악성 바이러스에 감염된
그녀가 아프다

정영희 2010년 《전남일보》, 2012년 《광주일보》 신춘문예 당선. 시집 『선암사 해우소 옆 홍매화』 『아침햇빛편의점』, 디카시집 『당신을 머리맡에 두고 편히 잔 적 없었다』, 수필집 『풍경이 숨 쉬는 창』이 있음. 광주신춘문학회, 여수화요문학회 회원.

그리움

최복선

걸레 빨지 말라는 무언의 압력인 듯 물티슈가 쌓입니다
뒤 베란다에 가득 찬 생수의 임무는
주전자를 태워 버린 어미의 안전장치입니다
도무지 몇 장인지 모를 KF94 마스크
딸은, 마트 가는 길을 내게서 지워 버렸습니다

담벼락을 향해 돌아눕는 낙엽 뒤척이는 소리입니다
비 묻은 바람을 등지고 걷는 일입니다
저녁 하늘 모서리를 헤매는 새의 날갯짓입니다
손 흔들며 배웅하는 일이 눈시울처럼 아득합니다

어미 닭처럼 어미를 품던 집 안에
아직,
딸의 향기 가득합니다

남심 씨의 하루

등이 가려워지는 저녁
이 단 옷장에 침상 하나가 전부인
201호로 퇴근하는 남심 씨
종일 앉아 있던 의자가 절절 끓어요
살아온 날의 수맥이 뜨거워
관절이 녹아내리거든요
열두 공장 사람들의 밥상을 차렸다는
남심 씨 앞에서는 밥알 한 톨
남길 수가 없어요
해 지기 전에 절대 눕지 않은 남심 씨
유독 빨리 와 버린 어떤 저녁
질끈 동여맨 눈시울로
끝나 버린 드라마를 붙잡고
얼음장 같은 침상을 향하지요
정 없이 생긴 저 네모난 틀에 누우면
다시는 일어날 수 없다는 생각
불 앞에서 밥을 짓던 그녀의 숨소리
기척 없어 가슴에 귀를 묻으면
나 안 죽었네 하신다

불 밝히는 저녁이 덩그렇게
그녀 곁에 눕는데

일몰증후군

다섯 시 언저리에 붉은 반점이 돋는다

밥솥 예찬

단맛을 내기 시작한 것은
칙칙거리는 소리에 바람이 묻어난 후였다
한 번도, 건조해 본 적 없던 고무 패킹이 쿨럭거린다
숨 쉬는 물기를 가두지 못한 탓이리라

한숨이 가벼워진 새벽
주방의 관절까지 다스린 근원이
탄력 넘치는 물의 노고였구나 생각하니
노쇠한 밥솥의 슬하에서 일몰을 본다

그래,
생生이 한순간 바닥을 칠 때가 있지
늘어진 밥솥의 중심도, 헐거워진 수족도 어긋나
비틀거릴 때가 있지

더운 김이 순하게 밥을 짓는
내게
그런 아침이 있었지

빈집

빗장을 풀어야만 나올 수 있는
두드려도 열리지 않는 문이 되었지

안개가 쌀뜨물처럼 텁텁해지거나
먹물을 풀어헤친 듯도 하여
반쪽을 찾다 갇히기도 하지

스캔하기에 어려운 기억들
아이의 유년 시절이 통째 진공포장되어 버리거나
텃밭에 채소가 쌓이기도 하지

지붕이 기울고 있는 동안
버릴 것이 아닌데
버려지는 것에 집중하지 못한 기억

아직,
마음대로 여닫는
주인이고 싶어 할까

최복선 2007년『모던포엠』으로 등단. 시집으로『겨울나무 소견서』가 있음.
한국작가회의, 여수화요문학회 회원.

이름 석 자

허승호

아버지 삼우제 지내기 전 텃밭에 가셨다
눈물을 훔치셨는지 호미 자루의 쿰쿰함만이 아는 일이다

초복 지나 수확한 고들빼기 상자들
생산자란에 또박또박 쓰신다
이름 석 자

삐뚤, 빼뚤해도 구십 줄에 써 본 이름
크기는 달라도 여태껏 살아온 이름
별량 고들빼기에 새겨진
이름 석 자

나 죽고 나면 세상에 없는 사람 이름 쓰지 말고
어머니 이름 써야 한다며
방바닥에서 구박당해 가면서 배운 이름
구십 줄에
호미로 곱게 그리시는
이름 석 자

키질

할머니가 마당에 쪼그리고 앉아
석양을 불러 모은다
참깨, 들깨 대신 손주를 얹어 놓자
노을이 바쁘게 키질을 한다
호박잎 넘기는 마파람보다 익숙한 몸짓들
고생했네, 고생했네 추임새를 넣어 가며
좌아 좌아 까불고 싸아악 싸아악 어르고 달래면
쭉정이는 밀려나고 알곡만 고스란히 남는다
키질이 올라갈 때마다
쭉정이는 두엄밭으로 가야지
환청!
세끼 밥그릇 부딪히며 살아온 내게 주신 할머니의 말씀
행여나 다시 한번 체로 걸러 봐도 북데기뿐
슬렁슬렁 흔들어 봐도 알곡이 없다

산마루로 떠날 채비하시는 할머니께
성근 체라도 하나 들이겠다고 말씀드려야겠다

아버지의 방

산을 베고 누우셨다

지게를 버리고 하늘을 가지셨다
생사의 거리가 숨결처럼 가까웠다

백일홍이 피었다 질 때까지
논밭으로 오고 갔던 발걸음을 끊었고
누워만 지내시다가 노구에서 숨을 놓으셨다

아무도 곁을 지키지 못했다
화장火葬은 아니라더니 몇 겁의 시간을 돌아가셨다

망백望百의 마지막 인연
옷자락에 한 움큼의 흙을 받아 칠성판에 쏟았다
눈이 내려도 이불 한 장 덮지 못할 방

거미줄이 저녁을 지을 때마다
백 년의 사랑이란
위로를 위해

밤하늘에 기댈 수 있는 별 하나 찾겠지

묘지만큼 푸르게 떠 있는 뭇별 중에

지게

등뼈가 굵어지기도 전 선물로 받았다
길을 지고 뒷산을 부려 놓아도 쉴 수 없었다
무릎은 시큰거렸고 허리는 끊어졌다

뿔이 되었던 지게가 거죽을 뚫고 나왔다
닳아지지 않은 뿔 대신 멜빵만 남았다
밤새 뒤척대는 것도 뿔이 자라나고 있다는 징표

뿔은 등짝에 걸려 죽음을 노려본다
죽음 앞에서도 지게는 짐을 벗을 수 없었다

관이 닫히지 않는다는 말
상주는 영안실에서 뿔을 쓸어 내고 있었다

고추 지지대를 뽑으며

늦가을 바람이 고추 지지대를 뽑는다
꽃 피우고 열매 맺는 날까지 함께 살아야 한다고
대나무 쪼개 심어 놓았던 봄날

뿌리 없는 발목들이 있었기에
고추는 어린 날부터 생을 불태울 수 있었다
뿌리 없는 것들이 뿌리를 지탱하는 역설
뿌리 없는 생도 그랬다

물러서는 건 죽는 일이라는 고추 지지대
내 발목이 꺾이는 날에도 고추를 일으켜 세우다 보니
뾰족한 발목이 사라져 버린 것이다

뼈마디 성한 게 없는 고추 지지대
뿌리까지 썩어 버린 발목을 내려다본다

누군가를 위해 흙에 발목을 묻고 산 적 있었냐고
목덜미를 곧추 세운다

허승호 2021년 『인간과문학』으로 등단. 여수화요문학회, 여수작가회의 회원.

언어의 외출

황유미

언어들이 두서없이 서성댑니다
한 치 양보도 없이 앞다투어 속도를 냅니다

일방통행이 흔한 거리에서 2차선 도로를 찾으시나요
누구에게나 방향은 선택입니다
양방향은 사치요 역주행은 없다는데
통행금지 표지판은 어디로 갔을까요

선을 넘는 언어는 누군가의 가슴으로 직진합니다
세 번의 인내만 견디면 멈출 수 있다는데요

말 한 줌,
이율배반적인 언어가 외출을 감행하려 합니다

쉿!

가을 무지개

무지개가 떴습니다
빗물이 잠깐 다녀간 무지개
그대 곁에 금방이라도 닿을 것처럼
애타게 붉습니다

아침이 곧 저녁이 되는 날들
그대를 잊는 핑계가 가득했던 순간들
붉은빛으로 떠오릅니다

오늘은
마음을 잇는 넓은 길을 만들겠습니다
가을의 그 무지개보다 더 뜨겁게 안부를 전하겠습니다

안녕하신가요

돌산 사람

여수 바다
많은 섬 중에 하나
돌산도

아무렇게나 놓인 볼품없는 땅
꿈꾸는 젊은 사내
산을 파고드는 울퉁불퉁한 길은
사내의 삶을 아버지란 이름으로 만들었고
굳어 버린 어깨는
움푹 패인 주름으로 쌓아 두었다

여태
돌산도에서 뭉퉁해진 손끝으로
논밭을 일구는 사내
머리에 하얀 꽃을 피운다

내 눈 속으로
흐릿해진 사내의 꿈이 쏟아진다

어머니

돌산 바닷가에 소리가 사라져 가는 마을이 있다
아무도 찾지 않는 날
어머니는 홀로 소리 없는 하루를 채운다

집마다 웃음소리 가득했던 시절
담을 넘던 아이들의 시끄러운 일상이
어른이라는 이름으로 바뀔 때마다
어머니는 짝사랑을 하신다

자식의 흔적을 가슴에 새기고
이름표를 걸면서
깊이 패인 주름 속에
차마 꺼내지 못한 그리움을 심으신다

어른 아이

안다는 것은 편견 속에 날개를 묶는 일

숨 가쁘게 달려온 시간을 잠시 묻어 두다
창밖의 아이와 눈이 마주쳤다
멈칫, 어색한 흐름에 고개를 돌려 버린 아이
동백에게 손을 뻗었다

높이 더 높이
토끼가 되어 깡충거려도
애초에 닿을 수 없다는 걸 나는 안다

안다는 것은 편견 속에 묶인 날개를 푸는 일

바람에 걸려 넘어져 버린 아이의 무릎은
서러운 울음인 건지 떨어진 꽃송이들의 한숨인 건지
붉게 더 붉게 번져갔다

하나, 둘, 셋
뻔한 울음소리가 들리지 않는다

불어오는 찬바람에 발버둥 치다 떨어진 동백
땅에서 다시 피었다
손을 털고 일어선 아이는 꽃을 집어 들고 웃는다

황유미 2019년 『문학시대』로 등단. 전남대학교 여수평생교육원 문예창작 과정 수료. 전남 백일장 차상 수상. 여수화요문학회, 한국작가회의 여수 지부 회원.

해 설

발견되는 시와 시인들

문신(시인, 우석대 교수)

어떤 사람은 남보다 빠르게 달리고, 또 어떤 사람은 탁월한 셈법을 자랑한다. 손끝이 여물어 척척 일을 마름해 나가는 재주로 살아가는 사람도 있다. 몇 마디 말로 마음을 당길 줄 아는 이와 날씨의 기미를 미리 아는 사람도 있다. 그런 사람은 대개 남의 눈에 잘 띈다. 그러나 길에서 자주 걸음을 놓아 버리는 사람, 고개 숙이고 세상 아름다운 표정을 짓는 사람, 이유 없이 아프고, 세상 모든 사물을 다정하게 쓰다듬는 사람도 있다. 이런 사람은 얼른 눈에 안 띈다. 그러다가 우연처럼 발견되곤 하는데, 그들의 자리는 언제나 변두리다. 역사의 변두리, 시절의 변두리, 삶의 변두리.

나는 이렇게 변두리에서 발견되는 사람을 시인이라고 부른다. 시인은 역사와 시절과 삶의 경계에서 기꺼이 변두리의 중심에 설 줄 안다. 그리고 시인은 중심의 힘이 변두리에서 시작한다는 것도 안다. 중심의 종착지가 변두리라는 것도 물론 시인은 잘 안다. 시인은 이 변두리에 외롭게 혼자 서 있는 사람이다. 위태롭게 서 있는 사람이고, 위험하게 서 있는 사람이다. 세상 모든 변두리는, 그러므로, 외롭고 위태롭고 위험한 시인의 자리다. 바로 그 자리에서 시가 태어난다.

외로운 시인들: 온몸으로 부딪치는 삶의 감각들

외로움의 기미는 몸으로 온다. 몸은 자기 운명과 숙명적으로 만나고, 반응하고, 저항한다. 이 감각의 철저함은 피부 아래에서 피부의 소름을 견디는 피에서 온다. 그러므로 외로운 사람은 뜨겁고 아슬아슬한 삶을 산다. 삶과 자주 충돌하고 그 충격파로 인해 그들의 시는 너울 같은 진폭으로 독자를 숨 막히게 한다. 김미홍, 김지란, 이근영, 허승호, 김숙경의 시에서 그런 모습을 보았다.

> 밀봉된 상자에서 빛과 그늘,
>
> 두 개의 꽃송이가 교집합이 되어
>
> 알 듯 말 듯 희끄무레 겹꽃잎으로 피어났다
>
> 단 한 번의 일갈로 근심을 쭉쭉 찢어
>
> 찰나를 허물어뜨리는 선승의 법문

사는 일 헛헛하다고

친구 입에서 연신 헛꽃이 피고 또 진다

—김미홍, 「헛기침의 수사학」 부분

김미홍의 장점은 "나는 속도를 낳아 몰고"(「바다에서 빛이 새어 나온다」), "누님의 눈꺼풀 연안에서/ 이따금 목을 축이는"(「녹화」) 같은 빛나는 구절에서 확인된다. 하지만 그의 시를 곰곰 읽고 나면 그의 시가 삶이라는 "밀봉된 상자에서 빛과 그늘"에 걸쳐 "헛헛하"게 존재하는 "헛꽃"의 언어적 버전이라는 사실에 다가가게 된다. 여기서 '헛'의 그 막막하고 불가해한 지점은 "더 크게 깨지기 위해 뭉치는 물방울"(「오늘의 날씨」)을 떠올리게 한다. 물방울은 투명해서 마치 우리가 속속들이 다 알 것 같지만, 지금까지 물방울의 심장과 심정을 보았다는 사람은 없다. 혹시 누군가 물방울의 진심을 보았다고 한다면, 그는 필시 헛것을 보았을 것이다. "사는 일"은 그런 것이다. 사는 동안 우리의 내면에는 "알 듯 말 듯 희끄무레"한 것이 "연신" "피고 또 진다". 김미홍은 그것을 '빛과 그늘'이 빚어 내는 "겹꽃"이라고 부르는데, 김미홍은 '겹'의 역설에서 외로움을 감지한다. '겹'은 둘을 말하지 않는다. 겹은 하나가 다른 하나를 마주 보는 일이다. 거기서 자기를 발견할 때, 삶은 한층 외로워진다. 김미홍의 '겹'은, 그래서, 피어도 헛하고, 져도 헛하다. 이것이 겹의 헛헛함이고, 김미홍의 시다.

사나흘 분분히 일어나는 바다 소문에는

레이더를 거두고 물살 여린 이곳에 닻을 내려

그물을 투망해 놓았다

만선의 꿈과 해풍에 달궈진 심장은

어군탐지기 대신 사람들의 눈만으로 관측되었다

허기진 바다 사나이들의 밀려오는 속말들

세류에 휩쓸리며 풍랑을 일으켰다

이게 사람 사는 거라며 거품이 넘쳐흐른다

만선호프호, 다음 사리 출항을 준비하고 있다

—김지란, 「만선호프」 부분

김미홍의 '겹'은 김지란의 시에서 '닻'으로 모습을 바꾼다. 캄캄하고 막막한 해저에서 닻은 "인연이라는 밧줄로 묶인 고독한 제자리"(「닻꽃」)를 지키면서 "한때 수많은 안부와 약속들"(「공중전화 부스」)을 떠올릴 것이다. 김지란은 그런 닻에서 "허기진 바다 사나이들"의 모습을 본다. 그들은 "깊은 물살 속에서 눈 하나 깜박이지 않는/ 강렬한 눈빛"(「신 맹모삼천지교」)을 가진 사람들이다. 그러므로 그들은 삶의 망망대해에서도 "어군탐지기 대신" 오직 빛나는 "눈만으로" 세상을 "관측"한다. 그게 "사람 사는 거"다. 인위적인 탐지기에 기대지 않고, 자기의 힘으로 고독하게, 자기의 눈으로 형형하게 "만선의 꿈"을 꾸는 게 인생이다. 그러나 우리는 알고 있다. 닻의 사내들이 준비하는 "다음 사리 출항"이 "외로움도 함께 가는 방향이라는 것"(「다만 한 사람을 건너왔을 뿐」)을. 김지란은 이렇게 닻 같은 사내들의 외로운 삶을 "모두 내 몫인 듯 온몸이 흔들"(「다만 한 사람을 건너왔을 뿐」)리도록 받아 적는다.

바다의 외로움이 닻에 걸려 있다면, 창공의 외로움은 이근영의 "손톱 달"(「그날 그때처럼」)로 드러난다. 달에서 외로운 기미를 읽어 내는 일은 우리의 오래된 습성이다. '손톱 달'은 그런 외로움이 아주 간곡해졌다는 뜻이리라.

햇살이 골목마다 접어들면
바다는 낮은 톤으로 해무를 앞세우고
바다를 뒤적거린다

만삭의 농어가 밀물과 썰물의 경계를 넘어가고
만선의 웃음소리 잦아들면

저무는 바다
산 그림자가 꼬옥 품는다

—이근영, 「저무는 바다」 전문

이근영의 시는 "상처가 반짝일 때"(「가을」) 그 상처의 깊은 곳에 드리운 삶의 그림자를 자꾸만 헤집는다. 그럴 때 "가냘픈 몸집"으로 기억되는 "어머니의 품"(「어머니의 품」)은

'손톱 달'의 형상으로 다가온다. '어머니'와 '손톱 달'이 공유하는 지점은 "저무는 바다"처럼 외로운 세계다. 그곳에서 "만삭의 농어"는—이때의 농어는 "치매라는 이름"으로 불리는 '어머니'의 한 형상이다.—삶이라는 "밀물과 썰물의 경계를 넘어"간다. 밀물에서 썰물로 혹은 그 역으로 물돌이가 시작될 때, 바다는 일시적으로 적막해진다. 이 외로운 순간을 견딜 수 있는 건 곧이어 바다 깊은 곳에서 밀려올 생의 충동을 알고 있기 때문이다. 그렇지 않다면 우리가 어떻게 '저무는 바다'를 견뎌 낼 것인가. 이근영의 시는 바로 그런 외로움을 견뎌 보라고 '어머니의 품' 같은 "산 그림자가 꼬옥 품"어 주는 시다.

> 등뼈가 굵어지기도 전 선물로 받았다
> 길을 지고 뒷산을 부려 놓아도 쉴 수 없었다
> 무릎은 시큰거렸고 허리는 끊어졌다
>
> 뿔이 되었던 지게가 거죽을 뚫고 나왔다
> 닳아지지 않은 뿔 대신 멜빵만 남았다
> 밤새 뒤척대는 것도 뿔이 자라나고 있다는 징표
>
> 뿔은 등짝에 걸려 죽음을 노려본다
> 죽음 앞에서도 지게는 짐을 벗을 수 없었다

관이 닫히지 않는다는 말

상주는 영안실에서 뿔을 쓸어 내고 있었다

—허승호, 「지게」 전문

'지게'는 인간 형상의 상징으로 우리 문학사에서 종종 이야기되었다. 사는 일이 무거운 짐을 진 것과 다르지 않다는 오랜 인식이 반영된 까닭이다. 이렇게 본다면 "등뼈가 굵어지기도 전 선물로 받"은 지게는 선물이라기보다는 운명에 가깝다. 지게는 "어린 날부터 생을 불태울 수 있"(「고추 지지대를 뽑으며」)는 "뿔"이었고, 그 뿔을 앞세워 우리는 "생사의 거리가 숨결처럼 가까"(「아버지의 방」)워지는 순간까지 삶을 밀어붙인다. 그런데 허승호의 시에서 '뿔'은 자꾸만 "뿌리"나 "뼈마디"로 읽힌다. 특히 "뿌리 없는 생"(「고추 지지대를 뽑으며」)이 '뿔 없는 생'으로 읽히는 건, 허승호의 '뿔'이 사실은 '뿌리'가 아닐까 하는 혐의를 확증하게 한다. 그러므로 아직 등뼈 무른 나이에 지게를 지게 된 건 삶의 뿌리를 깊게 내리라는 어른들의 살핌이 아니었을까? 그 뿌리에서 돋은 뿔로 세상의 "거죽을 뚫고" 살아가라는 뜻이 아니었을까? 그러므로 뿔 때문에 "관이 닫히지 않는" 것은 그만큼 삶의 뿌리가 깊다는 뜻일 것이다. "세끼 밥그릇 부딪히며 살아온 내" 뿌리, 혹은 뿔이 "생산자란에 또박또박" "이름 석 자"(「이름 석 자」) 쓰게 하는 힘이 된 것이다.

기상 모닝콜이 울린다

건강 상태 자가 진단 시스템에 로그인하고

길들여진 코드대로

네이버 다음 검색대에 뇌 회로를 장착하여

카카오톡 수신을 완료한다.

…(중략)…

잡히지도 보이지도 않는 세상을 사각 틀 안에 넣는다

문단속 없는 이름 내걸고 방마다 기웃거린다

뒤엉킨 회로가 만들어 낸 무의식의 혼돈

깨어 있으라

작동하라

안테나를 세워라

—김숙경, 「온라인 자동 명령 회로」 부분

김숙경은 "겹겹의 문들이 자물쇠를 채우"(「선암사 겹벚꽃」)는 세계에서 "손안에 들려 있는 한 권의 인생살이"(「시집살이」)를 들여다본다. 그의 '인생살이'는 자물쇠가 채워진 '겹겹의 문' 안에 어지럽게 뒤엉켜 있다. 그 안에서 "중심을 찾지 못하는 시선"은 "건물 간판도 익혀 두고/ 높고 낮은 나무도 세어 보"지만, "십자가만 높고 선명하게 보"(「처음이라서」)일 뿐이다. 이 경우 '십자가'는 "세상을 향한 범종의 발연"(「선암사 겹벚꽃」)이나 "무등한 세상", "등급이나 계급 없는 세상"(「무등하다」)을 포괄하는 상징이다. 십자가 아래에서 김숙경은 무등하지 않고 "뒤엉킨 회로가 만들어 낸 무의식의 혼돈"을 혼자, 고독하게 견뎌 왔다. 그런 까닭에 "깨어 있으라/ 작동하라/ 안테나를 세워라"라는 단호한 발화는 '무의식의 혼돈' 상태에 놓인 자기 심연을 향한다. 이 심연에 김숙경의 안테나가 있다. 심연의 안테나를 통해 김숙경은 이미 깨어 있고, 첨예하게 작동할 줄 안다. 그렇게 안테나에 수신된 삶의 기척들을 김숙경은 시로 쓴다. 그럴 때 그의 시는 인생의 문을 여는 열쇠가 된다.

이렇듯 외로운 시인은 외로움의 증표를 시에 하나씩 새겨두고 있다. 김미홍의 '겹'이 그렇고, 김지란의 '닻'이 그렇다. 이근영에게는 '손톱 달'이, 허승호에게는 '뿔'이, 김숙경에게는 '안테나'가 외로움의 첨예한 언어들이다. 이 시적 언어 속에 시인의 삶이 담겨 있다. 시인의 삶이 진실한 것처럼, 시도 이렇게 진실하다. 아무리 발버둥쳐도 삶은 시를 떠나지 못한다. 그래서 시인은 외로운 존재다. 시가 이 세상의 길잡이별처럼 캄캄한 곳에서 외롭게 홀로 반짝이는 것처럼.

위태로운 시인들: 시절의 비밀에 관한 서늘한 이야기

외로운 감정은 그 홀로라는 사정으로 인해 위태로운 상황을 불러온다. 여기서 위태롭다는 의미는 세상의 모든 사태를 철저하게 혼자 감당해야 한다는 뜻이다. 그런 까닭에 제어되지 않는 충동들이 일어나기 쉽고, 충동이 잦아든 후 끝 모를 심연으로 자신을 밀어 넣기도 한다. 김영란, 이말순, 주명숙, 최복선의 시에서 그런 기미가 보인다. 이들의 시는 아슬아슬하게 서 있다. 이들의 시는 삶의 너울에 올라탄 듯 위태롭다. 그래서 시를 읽으면서 언어의 멀미에 오래 시달렸다.

요양원 한쪽

'어매 내가 누구요 누군지 알제, 여기는 손녀딸 이름 알제
광주에서 살고 있잖은가 어매여, 어매 말 좀 해 보소 잉'

말을 잇지 못하는 저녁
마른 발바닥에 부풀어 오르는 다육이 꽃신
잠시,
생각만으로 화사하다

—김영란, 「다육꽃신」 전문

이 시를 읽고 오늘 저녁이 누군가에게는 "말을 잇지 못하는 저녁"일 수 있다는 사실을 깨달았다. 세상의 모든 저녁은 저마다의 사연으로 스스로 깊어지는 것 같다. 김영란은 그런 개별적인 사연을 섬세하게 이야기할 줄 안다. 이를 위해 그는 「봄 마중」 「히어리 피는 봄」 같은 작품에서 '봄' 이미지

에 주목하거나, 「다육꽃신」「종자 마늘」「동백꽃 편지」에서 식물적 상상력에 기댄다. 이를테면 그는 작고 아기자기한 삶이 간직하고 있는 가능성, 즉 존재의 비밀을 발견할 줄 안다는 것이다. 그가 "꽃 피울 시간을 위해/ 애썼을 세상의 꽃들"(「봄 마중」)이라고 말할 때, 그는 거기에서 이미 "남모를 아픔이 있는 거라고/ 떨어진 꽃도 상처가 되는 거라고"(「동백꽃 편지」) 알아버렸다. 그러니까 김영란은 세상의 혼잣말이나 속삭임을 귀 밝게 미리 받아쓸 줄 안다. 「다육꽃신」에서도 마찬가지다. "어매 말 좀 해 보소 잉" 하고는 침묵이 내리는 동안, 그의 눈은 벌써 "마른 발바닥에 부풀어 오르는 다육이 꽃신"을 향한다. 어매에게 말 좀 해 보라고 말하는 순간, 이미 어매의 목소리를 들어 버린 것이다. 아, 이것이 김영란의 시다. 김영란의 시는 이렇게 조용히, 속삭이듯, 자기를 먼저 드러낸다. 그래서 위태롭다. 그의 시가 세상보다 두 걸음쯤 앞서가는 것 같아서.

평소 체를 잘 하고 머리가 아프다
병원 간 적 없다
속이 불편하면 등 눌러 달라 한다
신경 쓰면 그러는 거라고
자가 진단을 내린다

어젠 자다 말고 머리가 아파

죽을병에 걸렸나 했다

아들이 쉬라 했지만 사무실에 나온다
머리가 개운하다

삼십 년 넘게 젊어지고 사는 병
나도 무뎌져 있는데
남편과 자식들은 오죽하겠냐만
서운한 건 왜일까

—이말순, 「그래도 서운한 건 왜일까」 전문

이말순의 시는 투명하고 과감하고 직설적이다. "내가 주연한 드라마 한 편"(「드라마 한 편」), "피곤하지도 않고 잠자지 않아도 좋다"(「손길 가는 곳마다」), "세상이 미쳤나 구시렁댄다"(「어느 봄날」) 같은 구절은 거리낌이 없다. 이런 시는 정직해서 읽는 사람까지도 정직으로 물들게 한다. 그래서 "그땐 왜 그랬는지/ 생전에 챙겨 드리지 못함이"(「그땐 왜 몰랐을까」)라는 후회는 이말순만의 후회가 아니다. 누구에게나 '그땐 왜 그랬는지'의 순간이 있다. 우리는 그런 후회의 순간을 에너지 삼아 오늘을 살아간다. "평소 체를 잘 하고 머리가 아"픈 증상이 바로 후회다. 이말순이 "삼십 년 넘게 젊어지고 사는 병"이 그렇다. "밤새 수많은 일을 생각하느라/ 잠 못 들었던 시간들"(「어느 봄날」)이 후회처럼 되살아나서다. 이것을 해

소하는 유일한 방법은 “다람쥐 쳇바퀴 돌듯 뻔하고 복잡”한 일에서 발을 빼고 “일탈의 달음질을 하”(「어느 봄날」)는 것. 그래야 주변 사람들에게 “서운한 건 왜일까” 같은 후회가 남지 않는다. 그러나 이말순은 여전히 자기 삶에 “무뎌져 있”다. 아주 단단하게 굳어지기 전에 다른 삶으로 달아날 수는 없을까? 현실에서 곤란하다면 시에서라도 힘껏, 멀리, 혼자, 일탈해 보면 어떨까?

연둣빛 가지에 미처 매달린 벚꽃 몇 잎
날아가지 못한 민들레 씨앗 몇 줌
감나무 새잎 사이 마른 감꼭지 몇 개

마음에 담은 늦봄이 자꾸 눈에 밟히는데

간신히 붙들고 있는 시력視力 한 줄기
뒤뚱거리는 착지 한 걸음
중심을 잃은 안면 근육의 비틀린 발음

선생, 선생이라고
귀 열고 눈 열어 응시하는 숨결이 명치에
박
혀

온

다

—주명숙, 「작은 너의 힘」 전문

주명숙의 위태로움은 상실, 불안에서 비롯되는 것 같다. 그의 시에서 눈에 띄는 특징은 존재를 부정하는, 또는 존재 상실의 철렁한 순간들이다. "이 애물단지의 흔적을 아무리 검색해 봐도/ 거래 내역은 당최 조회되지 않습니다"(「거래 내역이 조회되지 않습니다」), "이사를 하면서 회선 한 가닥을 절단냈다"(「문패를 떼다」), "누구나 맞는 날에 누군가는 사라질 수도 있으니"(「생일 예찬론」), "정답보단 오류를 찾아내야 할 때가 있다"(「안목」) 같은 구절은 절연되고 소실되는 순간을 포착하고 있다. 주명숙 시의 이런 특징은 그가 인식하는 삶의 순간들이 "미처 매달린 벚꽃 몇 잎"으로 환기되고 있기 때문인데, 이러한 삶의 위태로움보다 더 조심스러운 부분은 그러한 삶을 바라보는 "간신히 붙들고 있는 시력 한 줄기"이다. '몇 잎'이 삶의 양상들이라면 '한 줄기'는 그런 삶 앞에 서 있는 시인의 처지다. 이렇게 위태로운 상황에서 시인은 "중심을 잃"고 "비틀린 발음"으로 호소할 수밖에 없다. 이제 닥쳐올 존재 상실의 절박함을, 그리고 그 상실이 "명치에/ 박/ 혀" 오는 순간을. 주명숙의 시는 그런 상실의 고통에 "귀 열고 눈 열어 응시"한 결과다. 그래서 많이 아프다.

열두 공장 사람들의 밥상을 차렸다는

남심 씨 앞에서는 밥알 한 톨
남길 수가 없어요
해 지기 전에 절대 눕지 않은 남심 씨
유독 빨리 와 버린 어떤 저녁
질끈 동여맨 눈시울로
끝나 버린 드라마를 붙잡고
얼음장 같은 침상을 향하지요
정 없이 생긴 저 네모난 틀에 누우면
다시는 일어날 수 없다는 생각
불 앞에서 밥을 짓던 그녀의 숨소리
기척 없어 가슴에 귀를 묻으면
나 안 죽었네 하신다

—최복선, 「남심 씨의 하루」 부분

이 시에서 남심 씨는 누구인가? 서정시의 기율에서 보자면 시인의 페르소나가 틀림없지만, 그렇지 않더라도 남심 씨는 시인과 일정 부분 삶을 공유하는 존재일 것이다. 그 존재는 "어미 닭처럼 어미를 품던"(「그리움」) 사람일 것이고, 시인의 내면에 단단하게 들어앉은 영혼일 것이다. 이것은 최복선의 시가 자주 그리움의 대상을 향해 서 있는 이유라고 짐작한다. 「밥솥 예찬」이나 「빈집」에서도 최복선은 남심 씨로 구체화된 자기 단짝의 영혼을 그리워한다. "생이 한순간 바닥을 칠 때", 그리하여 "비틀거릴 때"(「밥솥 예찬」) 최복선의 영혼 "언저리에 붉은 반점이 돋"(「일몰증후군」)는다. 이 반점의 붉은 기운을 우리는 그리움이라고 말할 수 있지 않을까? 그러나 그가 그리워하는 영혼은 "스캔하기에 어려운 기억들"(「빈집」)처럼 이미 까마득하다. 그런 까닭에 그리운 존재를 향한 몸부림은 "유독 빨리 와 버린 어떤 저녁" 풍경 같다. 그런 저녁은 "얼음장 같"고, "정 없이 생"겼고, "다시는 일어날 수 없"을 것만 같다. 그럼에도 최복선이 최종적으로 "나 안 죽었네"라고 말할 수 있는 건 자기 영혼의 "가슴에 귀를 묻"을 수 있어서다. 그 가슴 어딘가에 "그녀의 숨소리"가 살아 있을 듯하다.

지금까지 살펴본 것처럼, 위태로운 시인은 높은 파도에 올라탄 서퍼 같다. 누가 시키지 않아도 스스로 파고波高의 낙차를 즐긴다. 곁에서 보면 한없이 위험한 일이지만, 시인들은 자기 충동의 열정으로 삶이라는 파도에 과감하게 올라탄다. 그들은 파고의 정점이 지속되지 못할 거라는 것도 안다. 서퍼에게 주어진 길은 두 갈래다. 파도에 먹히거나 끝까지 파고를 즐기다가 해변으로 밀려나는 것. 그러나 그건 김영란, 이말순, 주명숙, 최복선 네 시인에게는 중요하지 않다. 그들의 시는 지금, 폭풍 같은 삶의 한가운데 서 있고, 그 삶의 정점에서, 삶의 역동을 온몸으로, 즐긴다. 그것 말고 시를 쓰는 이유가 또 무엇이겠는가!

위험한 시인들: 도발하라, 오늘의 우리를, 가차 없이!

외롭고 위태로운 사태가 개인을 향해 있다면, 위험한 일들은 언제나 외부를 겨냥하는 법이다. 시가 자기 성찰과 자기 발견에 뿌리를 두긴 하지만, 때로는 그런 뿌리가 딛고 있는 세계를 향해 과감하게 폭발하기도 한다. 우리는 그것을 윤리라고 한다. 윤리는 세계가 역동적으로 존재하려는 의지 같은 것이다. '지금'을 지금답게 만들고자 하는 노력과, '여기'가 아닌 '다른 곳'을 향하려는 힘이 윤리의 기본 덕목이다. 이형심, 정영희, 황유미의 시에서 그런 의지를 발견할 수 있다.

> 우드랜드 편백나무 아래 신발들
> 엎어진 것마다 생의 귀퉁이를 물고 있었다
>
> 당연한 것들과 함께 살아왔던 무게를 벗어 놓고
> 톱밥 길을 맨발로 걸었다
>
> 대지의 살갗마다 온몸에 퍼지는 온기들
> 촉촉한 쿠키 맛 같은 쾌감이었다
> 흙을 만나 깨어났다
>
> 신발을 다시 신고

숨구멍 없는 길을 걸어간다

—이형심, 「신발들」 전문

신발을 신는 일은 그 자체로 위험한 사태를 초래한다. 이곳이 아닌 다른 곳을 지향하기 때문이다. 신화나 동화에서 주인공이 미지의 세계를 향해 모험을 떠날 때도 언제나 신발끈을 먼저 단단하게 묶는다. 이형심의 시는 이런 역동과 충동의 힘을 "바람의 깃발"(「억새」)로 형상화한다. 따라서 "억세게 견뎌 내다 오롯이 핀/ 억새"(「억새」)는 "찬바람에 무수히 흔들리는 시간"(「상고대에서」)을 견뎌 낸 사람이 "깊숙한 곳에서 힘차게 뿜어내는/ 건강한"(「작은 우주」) 표정처럼 보인다. 이렇게 견뎌 낼 줄 알고 흔들릴 줄 아는 건강한 사람만이 "신발을 다시 신고/ 숨구멍 없는 길을 걸어"갈 수 있다. 따라서 이형심의 시는 더러 구도자의 고행록처럼 읽히기도 한다. 그의 시는 보다 숭고한 차원으로 이동하려는 힘이 있다. 그래서 "흙을 만나 깨어"나는 존재 각성의 순간들과 자주 만난다. 그 결과 그는 "서로의 자리를 조금씩 내어 주며/ 살아 꿈틀거리는 텃밭// 오순도순 생을 키워 가는/ 작은 우주"(「작은 우주」)에 도달하려고 한다. 이렇게 새로운 세상을 꿈꾸는 일은 오랫동안 위험한 일이었다. 그래서 종종 혁명이라는 말을 바람의 가장 깊은 곳에 감추어야만 했다. 그럼에도 가끔, 그 예리하고 서늘한 것이 모습을 드러내기도 했는데, 그것을 사람들은 시라고 불렀다. 이형심의 시가 그 순간을 노린 것 같다.

새도 날아오지 않는다
차가운 평행선을 바라본다
철로도 언젠간 소실점 밖으로 튕겨 나가
피 흘리며 울부짖는 기적을 듣게 될지 모른다

목을 늘어뜨린 사내가
가랑이를 반쯤 벌린 아낙의 어깨에 기대어 있다
손잡이는 다리로 감아 넝쿨처럼 얹고 간다
보따리를 껴안은 사람들의 기착지는 어디일까

터널 속으로 기차가 빨려 들어간다
별 가까이 깜박거리는 반딧불이
금세 커졌다 작아진다

—정영희, 「일탈을 꿈꾸며」 전문

혁명이라는 말의 순화된 표현을 '일탈'이라고 하면 어떨까? 혁명이건 일탈이건 세상을 위험에 빠뜨릴 가능성이 비슷비슷하다는 의미에서 그렇다. 그래서 대개의 일탈은 실현되기보다는 시도된다. 그것도 아주 작고 소심하고 내밀하게. 우리는 그런 내밀함을 '꿈'이라는 단어로 바꿔 말한다. 그렇게 부르고 나면 실현할 수 없는 일탈도 상상할 수 있는 세계가 된다. 정영희의 시는 이렇게 현실보다 높은 고도의 세계를 다루는 데 능숙하다. "오일장을 건성 둘러보고 그믐밤에 도깨비를 만났으니 어깨가 무너지게 도리깨질을 해 댔다”(「동강할미꽃」)라는 동강할미꽃 전설이나, “칼바람이 난장인 포장마차에서 고래를 만났다”(「고래 사냥」)라면서 일상과 환상을 겹쳐 읽어 내는 시선은 정영희의 시의 중층성을 만들어 낸다. 이렇듯 정영희가 현실의 일탈을 환상으로 처리하는 건 “언젠간 소실점 밖으로 튕겨 나가/ 피 흘리며 울부짖는 기적을 듣게 될지 모”르기 때문이다. 피. 울부짖음. 이건 일탈과 혁명의 뒤끝에서 만나는 삶의 진저리들이다. 우리의 삶은 자주 이 진저리들 같은 “터널 속으로 기차가 빨려 들어”가듯 캄캄해지고, 시는 그 칠흑에서 한 가닥 구원처럼 “별”이나 “반딧불”로 우리를 인도해 준다. 정영희의 시는 이렇게 우리의 위험한 삶에 “성호처럼 그어”(「생활통지표」)져 있다. 그래서 그의 시를 읽으면서 때로 감사하고, 한편으로 안도한다.

언어들이 두서없이 서성댑니다
한 치 양보도 없이 앞다투어 속도를 냅니다

일방통행이 흔한 거리에서 2차선 도로를 찾으시나요
누구에게나 방향은 선택입니다
양방향은 사치요 역주행은 없다는데
통행금지 표지판은 어디로 갔을까요

선을 넘는 언어는 누군가의 가슴으로 직진합니다

세 번의 인내만 견디면 멈출 수 있다는데요

말 한 줌,
이율배반적인 언어가 외출을 감행하려 합니다

쉿!

—황유미, 「언어의 외출」 전문

황유미의 시는 기억과 현재 사이 어딘가를 서성이고 있다. 그중에서도 유년기의 섬 언저리에 오래 머문다. 그곳에는 "뭉퉁해진 손끝으로/ 논밭을 일구는 사내"(「돌산 사람」)가 있고, "어머니는 홀로 소리 없는 하루를 채"(「어머니」)우는 중이다. 황유미에게 그러한 기억은 "서러운 울음인 건지 떨어진 꽃송이들의 한숨인 건지/ 붉게 더 붉게 번"(「어른 아이」)져서, "그대 곁에 금방이라도 닿을 것처럼/ 애타게 붉"(「가을 무지개」)어져 있다. 그러나 붉음의 세계에서는 "내 눈 속으로/ 흐릿해진 사내의 꿈이 쏟아"(「돌산 사람」)질 뿐이다. 황유미는 이 기억을 향해 "선을 넘는 언어"로 무장하고 "누군가의 가슴으로 직진"하는 중이다. 이 직진성은 현실에서 "차마 꺼내지 못한 그리움"(「어머니」)이다. 그러나 황유미가 '일방통행'으로 "숨가쁘게 달려온 시간"(「어른 아이」) 앞에는 '통행금지 표지판'이 서 있다. 더는 갈 수 없는 곳, 그곳은 황유미의 기억 속이다. 그리하여 "쉿!" 하는 꿈의 경고등 앞에서 황유미의 시는 갈 곳을 잃었다. 이제 어떻게 할 것인가. 황유미의 선택은 "불어오는 찬바람에 발버둥 치다 떨어진 동백/ 땅에서 다시 피"어나듯, "손을 털고" 새로운 언어의 "꽃을 집어"(「어른 아이」) 드는 일이다. 이렇게 집어 든 꽃이 그의 시다. 그리고 그의 시는 붉은 경고등처럼 우리 앞에 놓여 있다.

이것이 위험한 시인들의 운명이다. 위험한 시인은 언제나 어딘가를 향해 직진하려고 한다. 그 세계는 대체로 '꿈'이라는 낭만의 영역이다. 인간은 그 꿈이 결코 실현될 수 없다는 걸 안다. 그럼에도 꿈을 꾸는 건, 존재하지 않는 꿈을 통해 현실의 삶을 견딜 수 있다는 걸 알기 때문이다. 위험한 시인의 시에는 이렇게 불가능성을 향한 시적 타진이 있다. 이형심은 고행의 방식으로, 정영희는 성호를 그으면서, 황유미는 일탈의 언어로 각자의 불가능성에 도전한다. 이들의 도전이 각자의 시와 삶에 작은 혁명이 되기를 기대한다.

지금까지 살펴본 것처럼, 여수화요문학회의 시집 『한 권의 인생살이』에는 역사와 시절과 삶의 변두리가 곡진한 언어로 담겨 있다. 외롭게 서 있는 시인의 시에서는 삶의 변두리와 온몸으로 부딪쳐 온 감각이 읽혔고, 위태로운 시인의 시에서는 삶의 비밀을 들여다본 사람의 서늘한 눈빛이 느껴졌다. 위험하다고 생각되는 시인의 시에서는 지금, 이곳을 박차고 도발하려는 충동이 보였다. 그러나 이 모든 것들이 결국에는 언어로 드러나야 하는 게 시의 운명이고, 시인은 그런 운명의 대장간에서 뼈와 영혼이 울리도록 언어를 벼려야

한다. 그럴 때 시는 서늘하고 뜨거운 불꽃을 시퍼렇게 일으킨다. 그 시의 불꽃이 세상의 중심을 깨울 때까지, 변두리에서 시는 좀 더 간곡하게 우리의 삶을 짊어져도 좋지 않을까? 쉼 없는 언어의 담금질이 이제까지와는 다른 삶을, 시를, 세계를 만들어 갈 것으로 믿는다.

한 권의 인생살이

1판 1쇄 펴낸날 2023년 4월 28일
지은이 여수화요문학회
펴낸이 이재무
기획위원 김춘식, 유성호, 이형권, 임지연, 홍용희
책임편집 박예솔
편집디자인 민성돈, 김지웅, 정영아
펴낸곳 (주)천년의시작
등록번호 제301-2012-033호
등록일자 2006년 1월 10일
주소 (03132) 서울시 종로구 삼일대로32길 36 운현신화타워 502호
전화 02-723-8668
팩스 02-723-8630
블로그 blog.naver.com/poemsijak
이메일 poemsijak@hanmail.net

ISBN 978-89-6021-709-6 03810

값 11,000원